KB269148

살구나무죽비

살구나무죽비

초판 1쇄   2013년 9월 17일
지은이   임성구
펴낸이   김영재
펴낸곳   책만드는집

주소   서울 마포구 합정동 428-49번지 4층 (121-887)
전화   3142-1585·6
팩스   336-8908
전자우편   chaekjip@naver.com
출판등록   1994년 1월 13일 제10-927호
ⓒ 임성구, 2013

ISBN   978-89-7944-448-3 (04810)
ISBN   978-89-7944-354-7 (세트)

책 만 드 는 집
시인선 036

임성구 시집

책만드는집

또 한 번 나를 모두 드러내고야 말았습니다.

빛이 너무 멀었습니다. 그냥 우두커니 선 채 서쪽 하늘을 바라봅니다. 골목을 걸어 나온 나의 시詩가 곳곳에 가닿아 살구꽃처럼 세상을 환하게 비추는 등불이었으면 좋겠습니다. 『살구나무죽비』로 나를 내리치며 가는 밤길은 매우 쓸쓸하지만 따뜻합니다.

그곳에는 언제나 나를 비추는 「등대」가 있습니다.

2013년 9월
임성구

4부 푸른 경운기

5부 찔레꽃 아버지

제1부
순천만 서정抒情

해당화

긴 생머리 순자는 꽃이 되고 싶었네

연화도* 좁은 골목 바람개비로 떠돌다

벼랑 끝
물구나무선 채
뭍을 향해 손 모았네

해일 덮친 그날 밤 붉게 익은 상처가 덧나

가시 돋워 허실허실 웃는다고 웃는다고

켜켜이
천불천탑 쌓아
진한 향내 품고 사네

* 통영에 있는 섬.

성씨 고가에서 하룻밤

창녕군 대지면 성씨 고가에 가만 누워
우포늪 뻐꾸기 푸른 울음을 듣는 사이

두 귀가
뒤뜰 대숲을
찬찬히 걷습니다

바람 한 번 대숲을 툭 치고 지나갈 때
땅의 자궁 빠져나온 죽순이 또 웃는 사이

대 끝에
폭죽 같은 양파꽃
풍경 소리 냅니다

순천만 서정抒情

혼자 걷는 순천만엔 바람이 픽 웃는다

환한 대낮 안개등 켜고 갈대에게 길 묻는데

소름이, 돋은 갯벌 위로 게 한 마리 지나간다

찢어진 발자국을 독주毒酒로 지운 그 자리

저만치 은빛 물결이 돌아오는 참게의 집

방고래 온기 먹는 소리 겨울새가 먼저 안다

살짝 열린 입술 새로 남도민요 한 가락에

노랑부리백로 한 쌍이 소금꽃 피워 허공 날 때

갈대밭 꽃불 환히 밝혀 굳센 각오 낚는다

08:00 FM100.5MHz
―시가 있는 아침

사월 끝단을 잡고 가는
출근길 삼동 교차로

장대비 내린다
박시교 시詩「13월」도

안과 밖
두 사람의 주파수
꽃처럼 악수한다

"안녕하세요 박서영 시인"
"반갑습니다 김 군"

봄비가 와이퍼처럼 목소리를 닦아낸다

무심코
바라본 차창 밖

시詩에 젖는
왕벚꽃

나비와 동행

칠월 오리나무 숲 초록 웃음 질펀한
무학산 둘렛길에서 한 친구 만났습니다
풀밭이 퍼질러 앉은 제비나비 한 마리

밤새드록 쓴 그 편지 분홍빛 눈물인가
동행했던 산안개도 집에 벌써 가고 없는데
그 자리 못 뜬 이유 궁금해
어깨 가만 앉혔습니다

오랜 시간 날지 않고 시인 영감靈感 훔치는 녀석
절벽 같은 뒤통수 올라 정수리서 시詩 씁니다

시인 셋,
절창 함성 쏟을 때
오리나무 위
새 푸드덕

보리피리

백월산 가는 길 청보릿대 꺾어 뭅니다
닐리리 피리 불면 청음계 위 부화한 나비
먼 곳의 어머니에게 냉이꽃 편지 띄웁니다

예전에 못 한 말을 소지하듯 올려놓으면
날아가는 새들은 어찌 알아 들으셨는지
행간에 피어난 시린 말씀 뜨겁게 데웁니다

절절절 끓는 피가 여장 풀고 웃는 시간
길 밖에 핀 꽃들에게 명찰을 달아주고
다문화 어머님께도 손 내미는 봄입니다

물속 도시

밤이면 용지호수엔 오색 건물 무너진다
비 오거나 눈 나리거나 꽃처럼 피는 도시
이 건물 저 건물 사이 유영하는 비단잉어여

수많은 네온불빛 모조리 먹어버려라
네 슬픔의 양만큼 흔들리는 물비늘 세워
하루가 다 지워지기 전 우리들의 궁전 짓자

분수가 음악을 물고 단풍 같은 춤을 추면
물속의 너 물 밖의 나 연리지 사랑이 되자
밤이 져 아침이 오면 우릴 닮은 해가 뜬다

감잎 단풍

첫서리가 새빨간 감잎에 앉았습니다

쭈글쭈글한 가슴으로 달에게 젖을 물린

대봉시 감분 같은 어머니
단풍 한 잎이 눈물입니다

아카시아꽃

어머니 버선 닮은
젖 한 통 따서 먹고

아이에겐 하얗고 단,
장화 한 켤레 신깁니다

벌처럼
날개 펄럭이며
깃발 들고
웃습니다

여자아이 두 보조개
숨은 별이 꽃을 달고

우윳빛 강물 위에
긴 편지 쓰는 오월

타박네
노래 부르며 핀,
허공 신발
눈부십니다

오름 생각

제주 여자 둔부 같은
영주산 유월 오름

포말로 덮인 듯이
핥고 가는 안개의 혀

수말들
방사房事 끝낸 자리마다
청잣빛 수국이 핀다

개망초 꽃밭

네 향기에 빠져들고픈 이 나른한 찰나
핸들 밑 후끈거린 말벌이 차창을 뚫고
새처럼 날아가 왈칵, 꽃분 먹고 싶은 날

단풍불 짓이기는 가을 둔치 어디쯤
바람의 엄지손가락 그의 몸을 문지르면
잎잎들 오르가슴에 파르르 떨린 하늘이여

날아가는 새들도 깔깔거리는 한낮 창공
입안 고인 국향이 천지 사방 번져갈 때
수벌들 불러내 놓고
잇몸까지 드러낸

단자*와 단지

두 개 단지 이야기책 읽어볼까 파랑새야
호랑이 곰방대 물던 오래전 그 아이돌을
핫피자 핫치킨 먹는 아이돌은 알랑가

이웃 삼촌 동편 하늘서 꽃을 지고 집에 온 날
이웃 할배 꽃잎 뿌려 서편 하늘 간 날에도
아이가 단자 먹는 순간 굴렁쇠가 도는 시간

감꽃 지고 여러 밤 보낸 시골집 돌 장독대
풋감 삭혀 감물 밴 민무늬 단지 둥근 노래
찔레꽃, 피던 그 봄날 눈에 밟혀 흔들린다

* 유년 시절 고향 사람들은 '단자'도 '단지'라고 부르곤 했다. 그 단자는
돼지 수육 몇 점에 삶은 달걀과 인절미, 조각 과일, 사탕 등이 담긴
도시락을 말한다.

뜨거운 술

무덤가에 앉은 새가 엉엉 우는데 말입니다
봉분에 핀 할미꽃 주름 펴며 웃지 않겠습니까

이 봄날
새와 꽃이 나눈

술이 참,

뜨겁습니다

원앙금침

봄을 맞은 아내는
베란다서 비늘을 툴툴

나는 유황 온천에 몸 담그고 때를 민다

오늘 밤
연꽃등 켜고
방울 이슬
또
르
르

꽃 따 먹는 남자

노힐부득과 달달박박* 백월산 전설 오름길
진달래 붉은 밥알 한 솥 가득 피어나서
유년의 그림자 따 먹는데 푸른 나비 날아온다

새들이 풀어놓은 독경讀經의 페이지마다
흰 구름 산모퉁이 살짝 돌아서 눈 감는다
한 남자 탱탱한 긴장緊張 입안이 뜨겁다

하르르 꽃물 고인 내 입안의 부처님
잠든 심장 다시 깨울 삼월을 자비로 풀고
그 남자 꽃 따 먹은 얼굴 복사꽃 달이 뜬다

* 경덕왕 때 경남 창원 백월산에 남사南寺를 지어서 미륵불(노힐부득)과
  아미타불(달달박박)의 소상(塑像 : 찰흙으로 만든 상)을 안치했다 한다.

청도 清道

그곳에 가보면
달디단 그리움 있다

오래 담긴 조선 항아리
노을빛 감물 확 번져

투명한
마을 입구가
복사꽃같이 따뜻하다

제2부
살구나무죽비

허밍

오래 감춘 비밀의 말 쇳물처럼 익는 시간
산댓잎 우는 소리 절간 문을 두드리며
천년 전 타악기 소리로 내 발목을 잡는다

허공에 올려놓은 똬리 튼 물뱀자리
깊은 동굴 벽화처럼 음표 몇 그려놓고
꼭 다문 입술의 노래
하르르, 나비 난다

명창박물관

오늘날 아이돌 가수 미로 같은 노래에
박물관 한쪽 모서리 낡은 것이 툭 떨어진다

미닫이 흑백 상자 저쪽
이미자 동백꽃도

그립다는 건 연어에게 고향 물길 묻는 것
선명한 발자국 찍은 나이테가 운다는 것
단장의 그 고갯길도
축음기에 갇혀 울고

감정 없는 저 일회용 명품꽃 지고 나면
환각 같은 불빛 먹은 충무로 깊은 골목
무시로 자살 유도등만 떫은 감물로 흔들린다

띠포리*국밥

아내가 끓인 김치국밥 한 숟가락에 비 내린다
계란 푼 빨간 국물 죽방멸치 눈이 부셔
흑백의 시간을 끄는 종소리가 젖는다

아버지 살아생전 끓여주시던 띠포리국밥
호롱불 켜놓고 한 그릇 싹, 비운 유년
사나흘 물만 먹으며 달랜 허기 별이 되었네

완행으로 간 시간인데 소금꽃은 지질 않아
내 몸의 행간마다 소라 같은 바람이 분다
온종일 짜디짠 비 내려 콸콸콸 젖는 일곱 시

* '비포리'의 경상도 방언. 멸치 중에서 가장 질이 낮은 종류로서 납작
  하게 생겼다.

살구나무죽비

무쇠 같은 하루가 노을에 닿는 시간
시퍼런 몸에 감춰진 찌든 먼지 털어낸다

속 비운
살구나무죽비
내 등에서 꽃 핀다

꽉 막힌 혈전들이 녹아내리는 몸속 행간
천 년 전 바람 냄새 스멀스멀 배어들면

그 봄을
기억하는 살구
몸의 터널 환하다

일상

고장 난 시계가 눈 잠깐 붙이는데
하루의 수리공이 문을 자꾸 두드린다

저만치
밀려간 파도
거품 물고 다시 오는

판 1
-노래방

아이야 울지 말고 일어나 춤추어라
피에로같이 덩실덩실 종이 박스 뒤집어쓴 채
마이크 절대 놓지 말고
그 안에서만 울어보렴

깊은 저 어둠 속, 숨은 별 찾아보아라
우스꽝스런 분장술로 슬픔 모두 가두면
지상에 내려앉은 달빛
네 눈동자 빛날 거야

벚꽃 편지

손바닥 마주 대고 나무가 된 두 사람
눈빛으로 말하고 심장으로 쓰는 약속

혀 짧은
겹꽃잎 사랑
행간 서로 뜨겁다

판 3
-오! 캐리카여

쩌억쩍 금이 가서 핏물 고인 수레여

녹슨 종아리 끌고 가는 칠순의 아이여

저 무청 시래기 같은 폐지가
징을 치며 웃는다

꽃, 누드

내 피를 먹고 자란 지렁이가 손등에 있다

설유화 낭창낭창 피었다 져 잎 돋을 때
줄장미 푸른 가시 세워 담장에 몸 비빌 때

열아홉 순정 같은 잎잎들이 하혈하는
밤꽃 송이 날비린내 방사한 오월 첫 밤

지렁이 지나간 내 몸속
더운 꽃김
발기한다

퇴근길

이미 진 낙엽 한 장을
발로 꾸욱 밟은 뒤

주름뿐인 목쉰 울음이
발바닥에 달라붙었다

술 취한
밤길 걸을 때면
몸 하수구도 범람한다

어제를 모두 지워
돋은 잎을 입에 물고

가족의 꿈을 매단 채
울다 웃는 검정 구두가

내일은

더 뜨겁게 필
꽃을 꿈꾸며
길 밝힌다

흉터

고여 있는 눈물은 상처가 매우 깊다

실로도 꿰맬 수 없는 문드러진 자국처럼

검정 피,
온몸에 번진다
행간마다
동풍動風이 불어

해장담배

속 쓰린 어제를 개고 닫힌 커튼 열어본다

선인장 가시 같은 햇살에 눈 찔리고

온 창시* 따끔따끔거려 잎스**국 먹고 싶다

물기 하나 없는 식도와 폐 위벽 사이

백년초 꽃이 핀다, 들큼한 향기 핀다

연기가 환히 밝힌 몸 안

춤추는 나비 떼

* '창자'의 경상도 사투리.
** ips, '잎새'의 세련된 표현으로 싱그러운 자연의 담배.

자갈 치유법

상처의 알을 안고 노래방을 품는다

용지호 근처 9층 「멜론」 맨발로 품는다

자갈이
먼지로 날릴 때까지
항암제 같은
노래 몇 곡

병동에서 조폭 영화를 보다

꿰맨 상처 달래려고 리모컨 꾹 눌렀는데

"시발 것들 무서운 영화 찍고 지랄이야"

여의도
9시 뉴스 때문
염통 터져 죽겠네

서쪽에서 기도하는 남자

세상 모든 사람들 해오름에 기도할 때
더 깊은 어둠 위해 해질녘에 모은 두 손
빙산의 팔부 능선에서 먼 봄을 노래하네

도화桃花 같은 꿈에 젖어 환히 웃는 사람들 속
손바닥에 얹어놓은 눈꽃이 지는 동안
달의 꽃 장례식을 준비하는 한 남자의 결의

수렁에서 나온 슬픔이 새 옷 갈아입을 때
붉게 달군 저 쇳물꽃 한 송이 꺾어 와서
내 죽은 심장에 붙여 시불詩火 다시 지피겠네

제3부

목련 단상斷想

목단 항아리

달빛이 베란다 유리문 슬쩍 열고 들어와

문갑 위 종일 웅크린 그 여잘 비춘 보름에

새하얀 엉덩이에서

수천 도의 목단이 핀다

꽃강

벚꽃 활짝 핀 장복산*
벤치에 누워 하늘 보는데
꽃잎 사이 뜨거운 눈
내 눈 속에 나립니다

바람도
잠시 쉬어 가는 오후
봄 시 한 편
구워냅니다

귀밑까지 흘러내린
눈물 적신 행간마다
고봉 꽃밥 나눈 벌들
꽃강에 배 띄워놓고

한 소절
템포 빠른 노래

상춘객을
초대합니다

* 4월 벚꽃 축제로 유명한 군항의 도시, 창원 진해에 소재.

목련 단상_{斷想}

벽에 걸린 자목련 향기 겨울 강을 서성인다

창밖엔 눈꽃 피고 바람꽃도 몇 개 피고

벽난로
온기 가득 먹고
오래 머문 꽃 그림자

다솔사, 한나절

독경 소리 번진 산사 황금공작편백* 세 그루
두 손 합장하고 적멸보궁에 들었다
나무는 선 채 아미타불
천년 누운 부처님 전

한나절 그의 몸에 귀 대고 가만 서서
물소리 바람소리 별 헤던 그 소리까지
내 안에 시목詩木으로 키워
늘 푸르겠다 절창絶唱 숲

* 만해 한용운 선사님 회갑 날 효당 스님과 김범부 선생 등이 기념수로
  세 그루를 심었다. 천 년의 세월이 흐른 뒤 또 다른 기념수가 되기를
  빈다.

달의 이미지

강 문장文章 읽으며 난다
청둥오리 일가족

달의 몸에 밑줄 긋고
강물에게 물음표 하나

모래 위
적어놓은 생의 답
웃으며 읽는
달이 두 개

뜰

호적등본 한 통을 발급받아 집으로 와

소파에 앉아 가족 이름 가만가만 불러본다

아내가
무채를 써는 저녁답
깨꽃 활짝 핀
우리 집

단풍 재회

손님처럼 오는 가을날 함양 마천 칠선계곡
너럭바위에 가만 누워 푸른 하늘 바라볼 때
단풍물 무릉도원이 모과향으로 내려온다

밤이 와서 보름달이 귀뚜라미 소리 낼 때
이마에 툭 떨어진 도토리 떼굴 구를 때
이별한 다람쥐 다시 와서 같이 살자 손잡는다

일곱 선녀 웃음꽃이 무지개로 피는 아침
천왕봉 일출 같은 단풍 덮고 뒹군다면
절창을 쏟아내는 지리산 메아리가 뜨겁겠다

일기

등을 켠 사멸의 하루
녹는 눈처럼 운다고

채우지 못한 네 빈자리
어쩌겠느냐 어쩌겠느냐

붓 끝에
잠시 멈춘 시간
뜨겁게 필
내일인 걸

드로잉

불현듯 4B 연필이 그녀 가슴에 닿았다

아침브터 꽃술에 취해버린 눈 눈 눈

희뿌연 안개 속에서 이정표를 찾는다

판 2
─겨울날의 봄 굿

꽁꽁 언 밤하늘에도 모빌 같은 별꽃 필 때

언 강을 분홍신 신고 사뿐사뿐 걸어보자

머잖아 진달래 피는 종소리가 들릴 거야

갓난아기 손 같은 초록 잎이 옹알이할 때

허기진 시간들을 밀어내고 웃어보자

지상에 내려앉는 저, 뜨거운 꽃굿 한 판

13월의 봄

구노의 「아베마리아」가 술잔에 녹는 시간

풋과타도 먹고 싶은 눈꽃 활짝 핀 시린 봄밤

잔마다
진 꽃이 다시 피는데
빗물 번진
내 사랑은

댓잎피리

봄눈이 사각사각 내려앉는 뒤뜰에

바람이 문 댓잎 한 장 허공에 올립니다

네 눈빛, 낙숫물 음계 짚으면

신들린 잎이 웁니다

가랑잎 환청

초겨울 지는 잎들
가랑가랑 들리는 소리

봄새 같은 어머니는
산무덤쯤 꽃 피웠네

심골心骨에 함박눈 내려
손톱을 긁는
저 시린 말

뛰어가는 노을

낙동강 다리 난간 걸터앉아 불을 듭니다
강동네 아이들 음성 배어 있는 갈대숲
뜨거운 꽃으로 피어 출렁이는 시간입니다

절망을 멀리했던 너와 나의 수채화가
홍시처럼 잘 익은 인정人情의 밥을 나누고
깔깔깔 새의 군무로 나란히 뛰어갑니다

낙엽의 등을 씻기다

산벚나무 푸른 말씀
밤사이 홍시처럼 익어

지상에서 불러보는
뜨거운 이름이여

시력을
잃어가며 쓴 시詩
핏물 가득 고였네

해질녘 강가에 앉아

미루나무 가지를 꺾어
회초리 만들었습니다

저 먼 길 끝,
아버지께서
내 종아리 내리치듯

오늘은
강가에 나와 앉아
강물 세게 내리칩니다

강물 금세 피멍 같은 노을로 물들고
야생 꽃들 소리 내어 나 대신 흠씬 웁니다

두 눈이
퉁퉁 부은 낙동강
종이배 띄워놓고

베이지색 수련을 읽다

한 번도 본 적 없는 어머니 고운 얼굴
물 위에 둥둥 떠서 내 이름을 부르신다

유월도
한창 익은 한나절
개구리울음비* 맞으시며

제4부
푸른 경운기

벌새의 생애

1초에 90번
날개 펼쳤다 접는 새

허공에 키워내는
꿈들이 불안에 떨고

햇살도 잘게 잘라 먹어야
위胃의 통증도 멀리 가신다

카멜레온은 생존 위해
무지개 등을 키우지만

조급한 날개 퍼덕이다
생의 길이도 짧은 나는

어쩌면
얼음꽃 피는 전장戰場에서
노숙에 든다

공

참새들이 구구단을 외우는 초등학교
운동장 벤치에 앉아
둥근 새를 바라본다

키 작은
한 아이 헛발질에
나이키 신발 한 짝도

허공에 뜬 신발 따라 내 유년이 지나간다
시간에 긁힌 흉터 진흙으로 문지르는
검정색 쇠똥고무신엔 말 한 필씩 키웠지

맨발로 수문 지키다 말고삐 놓쳐버린 날,
어둠 짙게 내릴 때까지 대문 밖 서성이다
아버지 날 선 얼굴에 덴
종아리가 울었지

그날의 아이들 말발굽 소리 쟁쟁한 하오
나이키 운동화와 말표 고무신 사이로
슛 골인! 환호성이 빛난다
헛발질하던
아이도

푸른 경운기

수술대에 몸 누이고 가만히 하늘 본다

오늘처럼 허공에 뜬 많은 달 본 적 없다

등 뒤에
업힌 달도 본 순간
무너지는 고정관념

순백의 가운만 입고 있던 아버지
오늘은 나뭇잎 색 가운 입고 메슬 들었다

흉부를
떨림으로 가르고
경운길 운전하신다

경운기 八자 발자국 찍힌 그 자리
한 줌 빛이 입 벌린 채 석류알처럼 모여들면

단풍 든
심장을 어르고 달래
이랑마다 씨 뿌리신다

산간 지방 폭설 그치고 푸른 잎 돋을 무렵
긴 잠에서 깨어보니 아버지는 이미 없었다

오래전
느껴본 그 체온에
피돌기가 시작된다

노도*

뭍을 떠난 이곳은
옛 선비 유배의 땅

동백나무 한 그루 기암절벽에 심어놓고

낙조는
선지처럼 울었다

편도염 앓는
파도같이

몽돌이 차르르 차,
모래알은 스르르 스,

차마 삭이지 못한 말씀들이 비명으로 간

이 섬에

갇힌 혼백이
허실허실 웃는 섬

* 서포 김만중의 마지막 유배지.

꽃이 졌다

-2010. 3. 26. 초계함 침몰하다

오열의 밤이 왔다
물음표 가득 물고

백령도 이른 봄,
녹음綠陰 같은 꽃은 졌지만

새들이
낭독하는 조시弔詩 한 구절
뜨겁게 핀다

시조바라기

뻘구덩에 빠진 몸은
맑은 물이 그리웠다

불울음이 쓴 문장
마주하고 싶었다

기명색 꽃무늬 경전
마블링처럼 번지는 몸

밀짚모자 노란 새

밀짚모자 노란 새 봉하에 없다 없다

주인 잃은 자전거
오늘은 은종 울리며

허공에 고봉 쌀밥 짓는다

저 끝없는
향
불
행
렬

부들부들 떨리는 말

부슬부슬 내리는 비에
마음 적신 열아홉 적

깨지 않을 잠을 위해
억새밭에 누웠는데

큰스님

"이 사람 큰일 날 사람 같아"

파랑 치는 들킨 마음

벌레가 먹어버렸어

아버지 제사상에
생고그마 깎아 올리네

겨울밭 밤 깎는데
칼이란 놈이 다 파먹어서

아부지. 이거 삶으면 밤고메* 되는 기라예

* '밤고구마'의 경상도 사투리.

지우개밥을 먹다

울컥 치밀어 오른 가난의 여백들이
허한 배 속 채우려고 한 술의 밥 떠 넣었네

배설한 기형의 똥을
울며 먹네
시인은

등대

－이우걸의 '팽이' 이야기

해일 같은 그 사람
시詩 맛 엄청 답다

무지개 보일 때까지
가혹한 매로 지은 시詩밥

밤배가
젖은 불빛 따라가듯
종아리 걷고 따라갑니다

웰빙 시詩를 먹다
―이기철 시인의 시집 『잎, 잎, 잎』

흩어진 마음 무릎 위에 앉혀놓고 시집을 편다
한 페이지씩 넘길 때마다 걷다 뛰다 날아서
언덕을 넘어오는 풀냄새
상처 모두 녹는다

이 깊은 향기는 어디서 온 것일까
유리그릇에 가득 담긴 미네랄 톡톡 터질 때
깨끗한 기도문처럼
돋아나는 은유의 말

노을이 삼키는 것들

억새꽃이 몸을 털며 시월 풍경 물들인다
불 확 지른 저것은 뉘 입인가 심장인가
그 큰 입 수박 속같이 벌려 또 무엇 삼키려는가

수천 주 감나무에 매달린 감꽃 기억을
천근만근 시름 젖은 늙은 농부의 청춘을
들짐승 야성의 울음을 내 슬픈 생의 독소를……

하마보다 큰 입으로 악어보다 큰 아가리로
수만 송이 꽃을 삼킨 저 바다가 펄펄 끓어
붉은 눈 네 문장 안에 오! 낙화 낙화로다

제5부
찔레꽃 아버지

접신接神

그 옛날 오동나무 집 대문 열고 들어가
아직도 그 돌무덤 아랫목에 누워 계신
아버질 왈칵 끌어안고 눈 맞추는데 눈 내린다

단단하던 성정의 뼈도 다 삭은 언저리에
이름 없는 벌레들 몸 위로 기어오른다
혀끝을 날름거리며 눈과 귀를 파먹는다

개미였다 독사였다 독수리 발톱 같은
구멍이란 구멍 죄다 파먹은 그것들이
뼛속에 산바람 불어 넣고 대나무 끝 방울로 운다

따뜻한 부자父子 이중창에 산이 헉! 꿈틀할 때
살풀이하는 산안개도 허리 친친 감았다 풀고
눈 뜨면 오동나무 집은 먼 섬처럼 흔들린다

이력서

눈 뜨자 뿌리 잘려
꺾꽂이로 땅 짚었네

밑동에서 터져 나온
신망원* 어린 꽃들

뭉텅한 시詩만 그리네
감쪽같이 지운 이력

헌 신발 밑창 같은
생의 내력 쓸어 모아

단물 빠진 껌을 뱉듯
은하銀河 깊이 뱉어보지만

자물쇠
너무 쉽게 풀려

발등이 자꾸
시리네

찔레꽃 아버지

섣달 열엿새 자시子時에
아버지가 오신다

분홍 찔레꽃 한 짐 지고
뽀드득 흰 눈 밟고

한 번도
본 적 없는 며느리 밥상
헛기침만 하신다

顯考學生府君神位 옆
顯妣孺人昌寧曺氏神位

재롱꽃 넘치도록 띄운
손주 술잔 받고서

가부좌

내 아버지가
저리 환히 웃으신다

멍게
-82병동

꽉 마른 나무들이 둥근 탁자에 모여 앉아

나무젓가락으로 멍게 한 점 흐물흐물 씹는다

피부에
달라붙은 종양 떼낸
미끈한 살점
눈부시다

삭정이같이 제 몸 하나 부러뜨리는 오늘도

링거 한 병 꽂은 채 새싹 돋길 열망한다

우주 밖
가장 빛나는 별에게
보내는 저
뜨거운 주파周波

어디만큼 오시나

보일 듯한
내 사랑아

어디만큼 오시나

계절이 또
슬쩍 지나
어둠이
속도 내는 길

로댕의
「생각하는 사람」처럼
말 안 해도
보일 사랑

장마 6
-무료함 달래기

LA갈비보다 더 질긴 하루가 울고 있다
어금니 몹시 아파 접시에 뱉어놓고
숯처럼 새까맣게 탄, 찻잔 속 블랙의 시간

자갈 가득한 솥 하나 허공에 걸어놓고
참장작 층층이 쌓아 불 지펴보지만
종일 비, 흙물 장조림하듯 따갈따갈거린다

장마 7
—고구마꽃

세로로 서서
내리는 비에
자줏빛
울음 흘린

저 가시내가
밭이랑 저쪽
능구렁이를
사랑했네

갓 구운
햇살 머리에 이고
씨알 키우며
웃는다

폭우

하늘 계신 어머니
지상의 아들 보고 싶어

온종일 우레 치며 펑펑펑 우십니다

퍼내고
퍼내도 마르지 않는
황톳빛 저
낙동강

혀의 파동

고개 숙여 밥 먹는데 새엄마 쯧쯧거리며
옻칠 밥상 발로 찬 그날, 눈물 받던 그릇 옆에

쯧쯧쯧
혀 차는 밥알이
계모처럼 웃더라

뒷간에 쪼그려 앉아 키 큰 감나무 쳐다보는데
물음표로 갸웃거리던 달, 울음보가 터져버렸다

등 뒤에 그림자 하나가
나 보고 등신아 한다

낙엽의 시詩

석류알 같은 한 줌 빛 와르르 쏟는 시월 오후
붉은 발자국 찍는 노란 구두 한 켤레가

바스락
땅 위에 시를 쓴다
태곳적 붓을 들고

폭풍이 몰아치는 얼음의 강을 지나
벌 나비 춤추던 알싸한 초원도 지나
매미가 목청을 돋우던 통증 멀리 사라진 언덕

은행나무가 줄지어 레일을 만드는 동안
불면의 밤은 또, 얼마나 깊고 깊었던가

이 가을
낙엽을 굴리며
열차는 득음에 든다

아름다운 슬픔

첫서리가 내렸다 우리 집 앞마당에

가시 세워 붉게 타던 장미가 떠나는 날

진갈색 꽃대궁 사이, 떠난 엄마가 웃는다

허공에 떠 있는 시

지랄한다, 시가 정말
욱신거려 환장하겠네

망망대해 떠 있는 별
갈치 비늘처럼 빛나는데

어째서
허공 골목에 앉아
어둠 자꾸 덧대나

출신 성분

아무에게도 말하지 마
그 진심 모두 보이면

누가 와서 네 등에
말의 칼 꽂을지 몰라

풀꽃도
곤히 잠든 밤

소주 한잔

달 울음

아버지의 포옹

가슴엔 늘 날 선 칼만 품은 줄 알았네

그 눈빛 독가시로 돋은 줄만 알았네

꿈에서 날 안으며 웃는

그윽한 눈빛

그리고……

원융圓融과 상생의 시학

이연승 **문학평론가**

1. 생활의 소재와 유년의 기억

임성구 시인의 두 번째 시조 시집은 아름답고 처연한 이미지들로 아로새겨진 기억의 수첩과도 같다. 이 시인의 이미지 조형력과 절제된 어법의 긴장감이 주는 시적 여운은 이미 첫 번째 시조 시집『오랜 시간 골목에 서 있었다』(2010)에서 검증된 바 있다. 그의 시조는 시조가 갖는 선험적 율격을 유지하면서도 정형화된 틀에 그대로 안주하지 않는 상상력과 어법의 유연함을 펼쳐 보이고 있다.

임성구의 시조는 복잡하고 파편화된 현대 자본주의 사회에서 사물과 풍경을 접하는 새로운 가능성을 타진한다. 특히 그의 작품은 대상을 꿰뚫어 보는 집중과 관찰의 힘이 남다르게 느껴진다. 시조 형식 미학의 근본이라 할 압축과 절제의 미학 속에서 시인과 생활인으로서의 자기 정체성을 인식하고 있고, 삶의 숙명에 대한 인간적 고뇌가 진하게 깔려 있어 읽는 이이게 강한 여운을 남기기 때문이다.

특히 섬세하고 아름다운 묘사의 원리를 바탕으로 현실 세계의 불모성을 상쇄할 수 있는 근원적 대상으로 시인이 설정한 것은 다름 아닌 고향과 가족이다. 이 두 개의 모티프가 새롭고 참신한 시적 소재는 아니지만, 『살구나무죽비』의 시적 상상력의 중심에 놓여 있을 뿐 아니라 다양한 이미지들을 연계하는 통로가 된다는 점에서 주목을 요한다. 돌아가신 아버지를 떠올리겨 "두 눈이 / 퉁퉁 부은 낙동강 / 종이배 띄워놓고"(「해질녘 강가에 앉아」) 하염없이 강물을 바라보거나 "무심코 / 바라본 차창 밖"(「08:00 FM100.5MHz―시가 있는 아침」)에 자리 잡은 일상의 풍경 속에서 시인의 시선은 덧없이 흘러가는 세월의 파편이나 정지된 한순간의 극점을 통해, 세계의 풍경과 삶의 속살을 들여다보기도 한다. 이를 통해 시인은 지나간 시간의 부질없음과 욕망으로 가득했던 젊은 시절의 모습을 반추하며, 자신의 생이 나아갈 길을 묻기도 한다. 만화경처럼 펼쳐진 기억의 수첩 한복판에 자리 잡은 고향과 유년의 세계는 다음과 같이 펼쳐진다.

두 개 단지 이야기책 읽어볼까 파랑새야
호랑이 곰방대 물던 오래전 그 아이돌을
핫피자 핫치킨 먹는 아이돌은 알랑가

이웃 삼촌 동편 하늘서 꽃을 지고 집에 온 날
이웃 할배 꽃잎 뿌려 서편 하늘 간 날에도
아이가 단자 먹는 순간 굴렁쇠가 도는 시간

감꽃 지고 여러 밤 보낸 시골집 돌 장독대
풋감 삭혀 감물 밴 민무늬 단지 둥근 노래
찔레꽃, 피던 그 봄날 눈에 밟혀 흔들린다
―「단자와 단지」 전문

허공에 뜬 신발 따라 내 유년이 지나간다
시간에 긁힌 흉터 진흙으로 문지르는
검정색 쇠똥고무신엔 말 한 필씩 키웠지

맨발로 수문 지키다 말고삐 놓쳐버린 날,
어둠 짙게 내릴 때까지 대문 밖 서성이다
아버지 날 선 얼굴에 덴
종아리가 울었지

—「공」 부분

시인에게 고향은 세계와의 평화로운 공존을 이루어낼 뿐
아니라 가난했지만 행복한 유년의 순간을 환기하는 곳이고,
이웃 간의 사랑이 넘쳐흐르는 곳이다. 시인의 기억 속에는
유년의 이야기책, 감꽃, 장독대, 신발 같은 사물들이 모여서
또 하나의 소박한 풍경을 만들어낸다. 그 사물들은 나름대로
의 구체성을 확보한 가운데 우리들 삶에서 놓치기 쉬운 지혜
나 주술적 에너지를 갖고 있는 사물로 전이되어 읽는 흥미를
배가한다. 유년 시절 즐겨 먹던 간식거리가 담긴 둥근 단지
에 대한 추억을 바탕으로 쓴 「단자와 단지」에서 시인은 고향
의 풍경에 동화되면서도 시적 대상인 둥근 "단지"의 주술적
인 힘과 감응하고 있다. 먹을거리가 하나 가득 담긴 "단지"
는 마을 공동체의 여러 사연을 담고 있을 뿐 아니라 성년이
된 이후에도 새록새록 떠오르는 마법의 단지처럼 기억의 지
층에 자리 잡고 있다. 3연 종장의 "찔레꽃, 피던 그 봄날 눈
에 밟혀 흔들린다"는 마지막 진술은 시적 풍경과 자아가 시
공간의 분열과 틈을 초월하여 하나로 공명하고 있음을 보여
주는 것이다.

이렇게 고향은 시인에게 다양한 기억의 풍경을 열어 보이
는 역할을 하기도 하며 세계의 분열과 고통을 견딜 수 있는

108

내성耐性의 공간으로 자리 잡고 있다. 아울러 고향은 "시간에 긁힌 흉터"와 아버지의 자애로운 얼굴이 섬광처럼 스쳐가는 "오동나무 집"(「접신接神」)이기도 하다. 따뜻한 부자父子 관계를 가능하게 했던 근원적 공간이자 미래의 시인이 될 자양분을 제공한 곳이기에, 시인에게는 가장 뜨거운 원형의 공간이라 할 수 있다. "오래전 / 느껴본 그 체온에 / 피돌기가 시작"(「푸른 경운기」)되는 흙과 사랑의 공간. 특히 시인은 돌아가신 부모님에 각별한 의미를 부여하면서 애틋한 사랑과 그리운 마음을 표현하고 있다.

"하늘 계신 어머니 / 지상의 아들 보고 싶어 // 온종일 우레 치며 펑펑펑 우십니다"(「폭우」), "진갈색 꽃대궁 사이, 떠난 엄마가 웃는다"(「아름다운 슬픔」), "아버지 살아생전 끓여 주시던 띠포리국밥"(「띠포리국밥」), "꿈에서 날 안으며 웃는 // 그윽한 눈빛"(「아버지의 포옹」) 등 경험의 직접성에서 우러난 이런 절실한 표현들은 가족과 혈육 공동체의 의미를 강하게 부각하고 있는 것으로 보인다. 파편화된 현대사회에서 이미 가족이라는 이름은 예전의 강한 결속력을 갖고 있지 못하지만, 임성구 시인의 작품에서 가족과 혈육의 의미는 핏줄 이상의 상징성을 갖고 있다. 이번 시조집에서는 가족이라는 이름으로 묶인 애증과 모순의 관계를 직시하되, 운명과 인연의 탯줄이 얼마나 질긴 것인지를 다양한 어법과 이미지로 형상화하고 있다.

섣달 열엿새 자시子時에
아버지가 오신다

분홍 찔레꽃 한 짐 지고
뽀드득 흰 눈 밟고

한 번도
본 적 없는 며느리 밥상
헛기침만 하신다

顯考學生府君神位 옆
顯妣孺人昌寧曺氏神位

재롱꽃 넘치도록 띄운
손주 술잔 받고서

가부좌
내 아버지가
저리 환히 웃으신다

—「찔레꽃 아버지」 전문

산문적인 설명이 필요 없을 정도로 하늘에 계신 아버지에 대한 깊은 사랑과 그리운 마음을 표현한 작품이다. 제삿날 아버지의 영혼이 가족을 방문한다는 상황 설정에서 출발하고 있지만, 여러 이미지들의 연결로 상상력을 발전시키되, "아버지"와 "찔레꽃"이라는 두 이미지의 상호작용에 의해 시적 의미가 구현되고 있다. 분홍 찔레꽃이 환기하는 강한 이미지로 인해 따뜻한 사랑을 가진 아버지의 존재성을 부각하는 데 성공하고 있다. 가부장적이지만 가족에 대해 헌신적인 사랑을 기울인 아버지의 존재는 우리 주변에 있는 여느 아버지의 모습과 크게 다르지 않을 것이다.

특히 위의 작품은 시조의 제한적 형식에 얽매이지 않은 채 비교적 자유로운 음수율을 구현하면서도 단연에 해당하는 시조의 기본 형식을 연시조로 발전시켜 배치함으로써 시적 호흡을 이완시키고 있을 뿐 아니라 '이야기 시조'(이런 용어가 허용된다면)로서의 가능성을 보여주고 있다는 생각이 든다. 쉽게 접하는 생활의 소재에서 새롭고 고유한 의미를 발견하여 그것의 존재를 더 빛나게 만드는 시인의 눈은 사물이 환기하는 단일한 이미지에만 머무르지 않고 있다.

2. 결핍을 뛰어넘는 직관의 힘

임성구의 시조에서 돋보이는 것은 결핍과 상처의 의미를 가진 은유적 이미지들이 생성의 미학으로 전이되는 부분이라고 할 수 있을 것이다. 결핍 없는 생은 어디에도 존재하지 않겠지만, 그에게 결핍은 생의 근원을 탐사하게 하는 동력으로 자신의 몸과 마음을 열어놓아 새로운 삶을 가동하게 한다.

고장 난 시계가 눈 잠깐 붙이는데
하루의 수리공이 문을 자꾸 두드린다

저만치
밀려간 파도
거품 물고 다시 오는
─「일상」 전문

이미 진 낙엽 한 장을
발로 꾸욱 밟은 뒤

주름뿐인 목쉰 울음이
발바닥에 달라붙었다

술 취한
밤길 걸을 때면
몸 하수구도 범람한다

어제를 모두 지워
돋은 잎을 입에 물고

가족의 꿈을 매단 채
울다 웃는 검정 구두가

내일은
더 뜨겁게 필
꽃을 꿈꾸며
길 밝힌다
―「퇴근길」 전문

　일상에서 자유로울 수 있는 사람은 자본주의 사회에서 아무도 없을 것이다. 일상은 한순간의 어긋남 없이 "거품 물고 다시" 찾아오는 시시포스의 형벌처럼 우리들의 삶을 구속하거나 개인의 존재 방식을 드러내는 주요한 요소이기도 하다. 시인에게 글쓰기는 시적 자아의 재구성을 통해 삶을 새롭게

반성하거나 자기 자신을 벼려나가는 과정이다. 그러나 일상을 견디는 과정이 그리 순탄하지만은 않으며 시간적 비전이 더 이상의 의미를 가지지 못할 때, 우리는 권태와 타성에 젖기도 한다.

"붓 끝에 / 잠시 멈춘 시간 / 뜨겁게 필 / 내일"(「일기」)을 향해 삶의 매 순간을 성찰하고 보다 나은 내일을 기약하는 시적 화자의 모습은 일반적인 소시민의 삶과 크게 달라 보이지 않는다. 그러나 시인은 이에 멈추지 않고 피로한 생의 한복판에서 인간 육체의 한계성을 지적하면서 동시에 생의 심연을 응시한다. 그에게 일상이란 "아내가 / 무채를 써는 저녁" 시간에 "깨끗 활짝 핀"(「뜰」) 계절의 소중함을 확인할 수 있는 시간이기도 하며, "여의도 / 9시 뉴스 때문"(「병동에서 조폭 영화를 보다」)에 염통이 터질 듯한 분노를 느끼는 순간의 연속이기도 하다.

두 번째 시 「퇴근길」에 묘사된 "가족의 꿈을 매단 채 / 울다 웃는 검정 구두"는, 삶을 짓누르는 하중이 실려 있지만 보다 나은 내일의 삶을 기약하기 위해 각박한 생활 전선에서 부대끼는 소시민의 은유적 상관물이다. 시인은 미세하게 분열되는 소시민의 일상을 나름대로의 어법과 상상력으로 수용하면서 삶의 진실이 어디에 있는지를 독자에게 되묻고 있다.

무쇠 같은 하루가 노을에 닿는 시간
시퍼런 몸에 감춰진 찌든 먼지 털어낸다

속 비운
살구나무죽비
내 등에서 꽃 핀다

꽉 막힌 혈전들이 녹아내리는 몸속 행간
천 년 전 바람 냄새 스멀스멀 배어들면

그 봄을
기억하는 살구
몸의 터널 환하다
　　　　　―「살구나무죽비」 전문

　이번 시집에서 빛나는 작품 중 하나인 「살구나무죽비」는
번잡한 일상을 넘어 생의 충만함과 긍정적 가치를 수용하는
것이 얼마나 중요한지를 되묻는 작품으로 보인다. 시인은 몸
과 자연을 결합해 새로운 시적 비전을 열어 보임과 동시에
몸의 감각이 영성靈性과 하나로 합치되는 순간을 포착한다.
"속 비운 / 살구나무죽비"라는 대상을 통해 몸의 모든 감각

이 하나로 통하는 희열을 묘사하는 것이다. "꽉 막힌 혈전들이 녹아내리는 몸속 행간"은 지나간 봄을 기억하는 충만한 몸으로 인식된다. 환한 "몸의 터널"이 몸속에 열리는 충만함과 함께 마음과 몸이 교감함으로써 한없이 확장되는 세계를 체험하는 것이다. 이성의 눈으로는 보이지 않는 영적인 세계에 공감하며 그 세계에 몰입하고자 하는 의식의 지향성을 보이는 것으로 이해할 수 있다. "천 년 전 바람 냄새"는 시인의 몸을 열고 세계와 교감하는 신비스러운 주술적 에너지이기도 하다. 시인은 자연의 이치에 순응하되 자연과 세상, 인간이 상호 교류하며 공존하는 존재임을 강조하고 있다. 그는 소박한 세계 속에서 담백하게 인생을 살아가는 모습을 시 쓰기의 중심에 놓고 있는 것이다.

3. 사물과 풍경이 공명하는 순간

시인은 일상과 가족, 풍경 사이를 오가며 대상 세계의 의미를 새롭게 읽어내고 또 이를 재창조하려는 면모를 보인다. 임성구의 시조 한복판에는 단일한 의미로 규정하기 힘든 이미지들과 혼존의 무늬가 일렁이고 있다. 그 이미지들은 주로 고향과 일상에서 얻어 온 것들이 많지만 시인의 시선에 포획

된 시적 대상과 사물들은 단순한 묘사나 관찰로 존재의 의미를 노출하지 않는다. 아름답고 고적한 이미지의 풍경을 통해 시조의 고전적인 멋을 보여주면서 삶의 현존과 예지를 시간의 축 위에서 발견하고자 하는 모습을 보여주기도 한다. 시인은 일상의 시간을 관찰하고 사색하며 시간에 자신의 존재성을 투영한다.

억새꽃이 몸을 털며 시월 풍경 물들인다
불 확 지른 저것은 뉘 입인가 심장인가
그 큰 입 수박 속같이 벌려 또 무엇 삼키려는가

수천 주 감나무에 매달린 감꽃 기억을
천근만근 시름 젖은 늙은 농부의 청춘을
들짐승 야성의 울음을 내 슬픈 생의 독소를……

하마보다 큰 입으로 악어보다 큰 아가리로
수만 송이 꽃을 삼킨 저 바다가 펄펄 끓어
붉은 눈 네 문장 안에 오! 낙화 낙화로다
―「노을이 삼키는 것들」 전문

독경 소리 번진 산사 황금공작편백 세 그루

두 손 합장하고 적멸보궁에 들었다
나무는 선 채 아미타불
천년 누운 부처님 전

한나절 그의 몸에 귀 대고 가만 서서
물소리 바람소리 별 헤던 그 소리까지
내 안에 시목詩木으로 키워
늘 푸르겠다 절창絶唱 숲
  ―「다솔사, 한나절」 전문

　시인은 시간이 만든 다양한 이미지들을 응시한다. 첫 번째 시조는 노을의 경이로운 풍경에 대한 감탄과 동시에 시적 화자의 허무와 고독감이 진하게 느껴진다. 시적 화자는 자신의 "슬픈 생의 독소"를 "노을"이라는 소멸의 시간에 이입해 시간을 소진해버린 존재의 허무한 모습을 부각하고 있다. "억새꽃이 몸을 터"는 "시월 풍경"과 "늙은 농부의 청춘"이라는 쇠락한 시간대가 이 시의 배경을 이루지만 시인은 소멸해가는 시간과의 만남을 계속 이어나간다. 저물어가는 노을의 시간, 성찰의 시간인 저녁 시간은 훼손되기 이전의 자연과 그 재생의 시간을 갈망하는 시인의 시선으로 묘사되고 있다. 그래서 노을이라는 시간대는 존재를 깨닫는 시간이자 새로운 각성의 순간으로 그려지고 있다.

시적 화자는 노을이 지는 바다를 바라보고 있지만 이 웅장한 풍경에 함몰되지 않고 자신을 끊임없이 일깨우고 자극하는 "문장"을 읽어내고 있다. 생성과 소멸의 과정을 거치며 세계에 활력을 부여하는 글쓰기의 의미는 시인이 궁극적으로 지향하는 이데아와 크게 다르지 않을 것이다. 이렇게 생성과 소멸의 시간은 서로 대립되거나 상충하는 관념으로 나타나지 않고 시인만의 상상력으로 새롭게 재구성되는 면모를 보인다. 시인이 꿈꾸는 연속적인 삶과 생명에 대한 사랑은 그의 일상생활 가까이에 놓여 있다. 시인은 서경을 박진감 있게 묘사하는 방식을 통해 일상의 다양한 풍경을 수용하고 인정하면서 동시에 소멸된 것들의 존재성을 자신만의 실존적 감각을 통해 다시 일깨우기도 한다.

두 번째 작품에서는 "다솔사"라는 공간을 대상으로 고요하고 평화로운 풍경을 묘사하고 있다. 정지되어 있는 시간 속에서 유현幽玄한 아름다움을 보여주는 이 시는 독경 소리가 아득하게 퍼지는 "산사"와 "황금공작편백", 불상이 모여 하나의 풍경을 만들어낸다. 시인은 이런 풍경에 자신의 몸을 열고 시적 대상인 나무의 재생의 힘에 상응하면서 풍경과 자아가 합치된 순간의 희열을 노래한다. "물소리", "바람소리", "별 헤던 소리"까지 담고 있는 나무는 단순한 소리의 파동을 넘어 시인의 삶 한복판에 놓인 시와 마주치게 하는 주술적 힘을 발휘하고 있다. 나와 나무, 시가 하나로 합치된 경지를 "시목詩木"으로 형상화하면서 자신의 삶이 시로 육화肉化되길 갈망하는 양상을 은유적으로 그려내고 있는 것이다. 이렇게 시인은 일상의 번뇌와 고통을 수용하면서도 치열한 시 쓰기를 갈망하는 내면 의식을 드러냄으로써 독자에게 강한 인상을 남기고 있다.

산벚나무 푸른 말씀
밤사이 홍시처럼 익어

지상에서 불러보는
뜨거운 이름이여

시력을
잃어가며 쓴 시詩
핏물 가득 고였네
—「낙엽의 등을 씻기다」 전문

석류알 같은 한 줌 빛 와르르 쏟는 시월 오후
붉은 발자국 찍는 노란 구두 한 켤레가

바스락
땅 위에 시를 쓴다
태곳적 붓을 들고

폭풍이 몰아치는 얼음의 강을 지나
벌 나비 춤추던 알싸한 초원도 지나
매미가 목청을 돋우던 통증 멀리 사라진 언덕

은행나무가 줄지어 레일을 만드는 동안
불면의 밤은 또, 얼마나 깊고 깊었던가

이 가을
낙엽을 굴리며
열차는 득음에 든다
―「낙엽의 시詩」 전문

　이제 시인에게 가장 절실하고 소중한 의미를 가진 시 쓰기가 어떤 고뇌의 양상을 가지고 있는지를 살펴볼 차례가 되었다. 시인에게 시란 일상을 견디게 하는 힘을 가지고 있을 뿐 아니라 고통스러운 세계 속에서 단 하나의 근원적 언어를 찾아나가는 여정이기도 하다. "시가 정말 / 욱신거려 환장"

(「허공에 떠 있는 시」)할 만큼 자신을 달뜨게 하기도 하고 "은행나무가 줄지어 레일을 만드는 동안 / 불면의 밤은 또, 얼마나 깊고 깊었던가"라는 탄식을 가능하게 하는 지난한 작업이 다름 아닌 시 쓰기이다.

이 시조들에서는 자연의 변전變轉과 시로 인한 자신의 고뇌가 은유적으로 겹침으로써 이중의 의미를 가지는 것으로 보인다. 시인은 시 쓰기가 우주와 자연의 상징으로서의 언어가 들려주는 비의적秘意的 도구임을 감각적으로 진술한다. 시 쓰기는 자기 구원의 메시지이자 타성에 젖은 삶을 일깨우는 각성의 과정이기도 하다. 시의 본질을 찾아가는 언어의 여정은 녹록지 않은 탐색이지만 "시력을 / 잃어가며 쓴" 이 시간 속에서 시 쓰기의 생성과 소멸, 삶과 죽음은 극적으로 교차하는 효과를 불러일으킨다. 그래서 이 순간, 혼신의 힘을 다해 시를 쓰고 시에 몰입하는 자신은 생의 절정과 소멸을 동시에 겪고 있는 존재이기도 한 것이다. 시를 통해 자신의 정체성을 찾고자 하는 의도는 자연물에서 시성詩性을 읽어내고 생명력이 충만한 유기적 세계를 지향하려는 노력과 멀리 떨어져 있지 않다.

폭력과 갈등으로 가득한 세계 속에서 자연과 시성詩性을 갈망하는 시도는 잃어버린 근원과 순수성을 복원하려는 시인의 내적 의도이기도 할 것이다. 그래서 그의 시에 등장하는 자연과 풍경은, 도회적이고 인공적인 삶의 극점에서 우리의 영혼을 달래고 위무하는 소중한 의미를 가지는 것으로 보인다. 그것은 어느 지점에서도 막히거나 부딪침 없이 서로 소통하는 원융圓融과 상생으로서의 미학적 가치를 지닌다고 할 수 있을 것이다.

제한적일 수밖에 없는 시조의 형식적 틀을 재현하면서도 우리 시대에 시조가 나아갈 새로운 가능성과 미학을 보여준 『살구나무죽비』는 시단에 소중한 성과로 남을 것이라고 생각한다. 그의 작품에서 보여준 아름답고 투명한 이미지와 치열한 시정신이 더 곡진하게 펼쳐지기를 바란다.